Band 44
Hugo von Hofmannsthal
Der Tor und der Tod

Hugo von Hofmannsthal
Der Tor und der Tod

Band 44
1.Auflage
TLK Taschenb.-Literatur-Klassiker
Herausgeber Frank Weber, Marburg
Bibliografische Information der Deutschen Nationalbibliothek:
Die Deutsche Nationalbibliothek verzeichnet diese Publikation in der Deutschen
Nationalbibliografie; detaillierte bibliografische Daten sind im Internet abrufbar über
http://dnb.dnb.de
© 2019 Hugo von Hofmannsthal
ISBN: 9783750432437
Herstellung und Verlag: BoD – Books on Demand, Norderstedt

Hugo von Hofmannsthal

Der Tor und der Tod

Personen:

Der Tod
Claudio, ein Edelmann
Sein Kammerdiener
Claudios Mutter
Eine Geliebte des Claudio
Ein Jugendfreund

(Claudios Haus. Kostüm der zwanziger Jahre des vorigen
Jahrhunderts. Studierzimmer des Claudio, im Empirestil. Im
Hintergrund links und rechts große Fenster, in der Mitte eine
Glastüre auf den Balkon hinaus, von dem eine hängende Holz-
treppe in den Garten führt. Links eine weiße Flügeltür, rechts
eine gleiche nach dem Schlafzimmer, mit einem grünen Samt-
vorhang geschlossen. Am Fenster links steht ein Schreibtisch,
davor ein Lehnstuhl. An den Pfeilern Glaskasten mit Alter-
tümern. An der Wand rechts eine gotische, dunkle, geschnitzte
Truhe; darüber altertümliche Musikinstrumente. Ein fast
schwarz gedunkeltes Bild eines italienischen Meisters. Der
Grundton der Tapete licht, fast weiß mit Stukkatur und Gold.)

Claudio: (allein. Er sitzt am Fenster. Abendsonne.)
Die letzten Berge liegen nun im Glanz,
In feuchten Schmelz durchsonnter Luft gewandet.
Es schwebt ein Alabasterwolkenkranz
Zuhöchst, mit grauen Schatten, goldumrandet:
So malen Meister von den frühen Tagen
Die Wolken, welche die Madonna tragen.
Am Abhang liegen blaue Wolkenschatten
Der Bergesschatten füllt das weite Tal
Und dämpft zu grauem Grün den Glanz der Matten;
Der Gipfel glänzt im vollen letzten Strahl.
Wie nah sind meiner Sehnsucht die gerückt,
Die dort auf weiten Halden einsam wohnen
Und denen Güter, mit der Hand gepflückt,
Die gute Mattigkeit der Glieder lohnen.
Der wundervolle, wilde Morgenwind,
Der nackten Fußes läuft im Heidenduft,
Der weckt sie auf; die wilden Bienen sind
Um sie und Gottes helle, heiße Luft.
Es gab Natur sich ihnen zum Geschäfte,
In allen ihren Wünschen quillt Natur,
Im Wechselspiel der frisch und müden Kräfte
Wird ihnen jedes warmen Glückes Spur.
Jetzt rückt der goldne Ball, und er versinkt
In fernster Meere grünlichem Kristall;
Das letzte Licht durch ferne Bäume blinkt,

Jetzt atmet roter Rauch, ein Glutenwall
Den Strand erfüllend, wo die Städte liegen,
Die mit Najadenarmen, flutenttaucht,
In hohen Schiffen ihre Kinder wiegen,
Ein Volk, verwegen, listig und erlaucht.
Sie gleiten über ferne, wunderschwere,
Verschwiegne Flut, die nie ein Kiel geteilt,
Es regt die Brust der Zorn der wilden Meere,
Da wird sie jedem Wahn und Weh geheilt.
So seh ich Sinn und Segen fern gebreitet
Und starre voller Sehnsucht stets hinüber,
Doch wie mein Blick dem Nahen näher gleitet,
Wird alles öd, verletzender und trüber;
Es scheint mein ganzes so versäumtes Leben
Verlorne Lust und nie geweinte Tränen
Um diese Gassen, dieses Haus zu weben
Und ewig sinnlos Suchen, wirres Sehnen.

(Am Fenster stehend)
Jetzt zünden sie die Lichter an und haben
In engen Wänden eine dumpfe Welt
Mit allen Rausch- und Tränengaben
Und was noch sonst ein Herz gefangenhält
Sie sind einander herzlich nah
Und härmen sich um einen, der entfernt;
Und wenn wohl einem Leid geschah,
So trösten sie . . . ich habe Trösten nie gelernt.
Sie können sich mit einfachen Worten,
Was nötig zum Weinen und Lachen, sagen.
Müssen nicht an sieben vernagelte Pforten
Mit blutigen Fingern schlagen.

Was weiß denn ich vom Menschenleben?
Bin freilich scheinbar drin gestanden,
Aber ich hab es höchstens verstanden,
Konnte mich nie darein verweben.
Hab mich niemals daran verloren.
Wo andre nehmen, andre geben,
Blieb ich beiseit, im Innern stummgeboren.

Ich hab von allen lieben Lippen
Den wahren Trank des Lebens nie gesogen,
Bin nie von wahrem Schmerz durchschüttert,
Die Straße einsam, schluchzend, nie! gezogen.
Wenn ich von guten Gaben der Natur
Je eine Regung, einen Hauch erfuhr,
So nannte ihn mein überwacher Sinn
Unfähig des Vergessens, grell beim Namen
Und wie dann tausende Vergleiche kamen,
War das Vertrauen, war das Glück dahin.
Und auch das Leid! zerfasert und zerfressen
Vom Denken, abgeblaßt und ausgelaugt!
Wie wollte ich an meine Brust es pressen,
Wie hätt ich Wonne aus dem Schmerz gesaugt:
Sein Flügel streifte mich, ich wurde matt,
Und Unbehagen kam an Schmerzes Statt . . .

(Aufschreckend)
Es dunkelt schon. Ich fall in Grübelei.
Ja, ja: die Zeit hat Kinder mancherlei.
Doch ich bin müd und soll wohl schlafen gehen.

(Der Diener bringt eine Lampe, geht dann wieder.)
Jetzt läßt der Lampe Glanz mich wieder sehen
Die Rumpelkammer voller totem Tand,
Wodurch ich doch mich einzuschleichen wähnte,
Wenn ich den graden Weg auch nimmer fand
In jenes Leben, das ich so ersehnte.

(Vor dem Kruzifix)
Zu deinen wunden, elfenbeinern Füßen,
Du Herr am Kreuz, sind etliche gelegen,
Die Flammen niederbetend, jene süßen,
Ins eigne Herz, die wundervoll bewegen,
Und wenn statt Gluten öde Kälte kam,
Vergingen sie in Reue, Angst und Scham.

(Vor einem alten Bild)
Gioconda, du, aus wundervollem Grund,

Herleuchtend mit dem Glanz durchseelter Glieder,
Dem rätselhaften, süßen, herben Mund,
Dem Prunk der träumeschweren Augenlider:
Gerad so viel verrietest du mir Leben,
Als fragend ich vermocht dir einzuweben!

(Sich abwendend, vor einer Truhe)
Ihr Becher, ihr, an deren kühlem Rand
Wohl etlich Lippen selig hingen,
Ihr alten Lauten, ihr, bei deren Klingen
Sich manches Herz die tiefste Rührung fand,
Was gäb ich, könnt mich euer Bann erfassen,
Wie wollt ich mich gefangen finden lassen!
Ihr hölzern, ehern Schilderwerk,
Verwirrend, formenquellend Bilderwerk,
Ihr Kröten, Engel, Greife, Faunen,
Phantastsche Vögel, goldnes Fruchtgeschlinge,
Berauschende und ängstigende Dinge,
Ihr wart doch all einmal gefühlt,
Gezeugt von zuckenden, lebendgen Launen,
Vom großen Meer emporgespült,
Und wie den Fisch das Netz, hat euch die Form gefangen!
Umsonst bin ich, umsonst euch nachgegangen,
Von eurem Reize allzusehr gebunden:
Und wie ich eurer eigensinngen Seelen
Jedwede, wie die Masken, durchempfunden,
War mir verschleiert Leben, Herz und Welt,
Ihr hieltet mich, ein Flatterschwarm, umstellt,
Abweidend, unerbittliche Harpyen,
An frischen Quellen jedes frische Blühen . . .
Ich hab mich so an Künstliches verloren
Daß ich die Sonne sah aus toten Augen
Und nicht mehr hörte als durch tote Ohren:
Stets schleppte ich den rätselhaften Fluch,
Nie ganz bewußt, nie völlig unbewußt,
Mit kleinem Leid und schaler Lust
Mein Leben zu erleben wie ein Buch,
Das man zur Hälft noch nicht und halb nicht mehr begreift
Und hinter dem der Sinn erst nach Lebendgem schweift-

Und was mich quälte und was mich erfreute,
Mir war, als ob es nie sich selbst bedeute,
Nein, künftgen Lebens vorgeliehnen Schein
Und hohles Bild von einem vollern Sein.
So hab ich mich in Leid und jeder Liebe
Verwirrt mit Schatten nur herumgeschlagen,
Verbraucht, doch nicht genossen alle Triebe,
In dumpfem Traum, es würde endlich tagen.
Ich wandte mich und sah das Leben an:
Darinnen Schnellsein nicht zum Laufen nützt
Und Tapfersein nicht hilft zum Streit; darin
Unheil nicht traurig macht und Glück nicht froh;
Auf Frag ohn Sinn folgt Antwort ohne Sinn;
Verworrner Traum entsteigt der dunklen Schwelle,
Und Glück ist alles, Stunde, Wind und Welle!
So schmerzlich klug und so enttäuschten Sinn
In müdem Hochmut liegend, in Entsagen
Tief eingesponnen leb ich ohne Klagen
In diesen Stuben, dieser Stadt dahin.
Die Leute haben sich entwöhnt zu fragen
Und finden, daß ich recht gewöhnlich bin.

(Der Diener kommt und stellt einen Teller Kirschen auf den
Tisch, dann will er die Balkontüre schließen.)

Claudio:
Laß noch die Türen offen . . . Was erschreckt dich?

Diener:
Euer Gnaden glauben mirs wohl nicht.

(Halb für sich, mit Angst)
Jetzt haben sie im Lusthaus sich versteckt.

Claudio:
Wer denn?

Diener:
Entschuldigen, ich weiß es nicht.
Ein ganzer Schwarm unheimliches Gesindel.

Claudio:
Bettler?

Diener:
Ich weiß es nicht.

Claudio:
So sperr die Tür,
Die von der Gasse in den Garten, zu,
Und leg dich schlafen und laß mich in Ruh.

Diener:
Das eben macht mir solches Graun. Ich hab
Die Gartentür verriegelt. Aber . . .

Claudio:
Nun?

Diener:
Jetzt sitzen sie im Garten. Auf der Bank,
Wo der sandsteinerne Apollo steht,
Ein paar im Schatten dort am Brunnenrand
Und einer hat sich auf die Sphinx gesetzt.
Man sieht ihn nicht, der Taxus steht davor.

Claudio:
Sinds Männer?

Diener:
Einige. Allein auch Frauen.
Nicht bettelhaft, altmodisch nur von Tracht
Wie Kupferstiche angezogen sind.
Mit einer solchen grauenvollen Art
Still dazusitzen und mit toten Augen

Auf einen wie in leere Luft zu schauen
Das sind nicht Menschen. Euer Gnaden sein
Nicht ungehalten, nur um keinen Preis
Der Welt möcht ich in ihre Nähe gehen.
So Gott will, sind sie morgen früh verschwunden
Ich will - mit gnädiger Erlaubnis - jetzt
Die Tür vom Haus verriegeln und das Schloß
Einsprengen mit geweihtem Wasser. Denn
Ich habe solche Menschen nie gesehn
Und solche Augen haben Menschen nicht.

Claudio:
Tu, was du willst, und gute Nacht.

(Er geht eine Weile nachdenklich auf und nieder. Hinter der
Szene erklingtdas sehnsüchtige und ergreifende Spiel einer
Geige, zuerst ferner, allmahlich näher, endlich warm und voll,
als wenn es aus dem Nebenzimmerdränge.)
Musik?
Und seltsam zu der Seele redende!
Hat mich des Menschen Unsinn auch verstört?
Mich dünkt, als hätt ich solche Töne
Von Menschengeigen nie gehört . . .

(Er bleibt horchend gegen die rechte Seite gewandt)
In tiefen, scheinbar lang ersehnten Schauern
Dringts allgewaltig auf mich ein;
Es scheint unendliches Bedauern,
Unendlich Hoffen scheints zu sein,
Als strömte von den alten, stillen Mauern
Mein Leben flutend und verklärt herein.
Wie der Geliebten, wie der Mutter Kommen,
Wie jedes Langverlornen Wiederkehr,
Regt es Gedanken auf, die warmen, frommen,
Und wirft mich in ein jugendliches Meer:
Ein Knabe stand ich so im Frühlingsglänzen
Und meinte aufzuschweben in das All,
Unendlich Sehnen über alle Grenzen
Durchwehte mich in ahnungsvollem Schwall!

Und Wanderzeiten kamen, rauschumfangen,
Da leuchtete manchmal die ganze Welt,
Und Rosen glühten, und die Glocken klangen,
Von fremdem Lichte jubelnd und erhellt:
Wie waren da lebendig alle Dinge
Dem liebenden Erfassen nah gerückt,
Wie fuhlt ich mich beseelt und tief entzückt,
Ein lebend Glied im großen Lebensringe!
Da ahnte ich, durch mein Herz auch geleitet,
Den Liebesstrom, der alle Herzen nährt,
Und ein Genügen hielt mein Ich geweitet,
Das heute kaum mir noch den Traum verklärt.
Tön fort, Musik, noch eine Weile so
Und rühr mein Innres also innig auf:
Leicht wähn ich dann mein Leben warm und froh,
Rücklebend so verzaubert seinen Lauf:
Denn alle süßen Flammen, Loh an Loh
Das Starre schmelzend, schlagen jetzt herauf!
Des allzu alten, allzu wirren Wissens
Auf diesen Nacken vielgehäufte Last
Vergeht, von diesem Laut des Urgewissens,
Den kindisch-tiefen Tönen angefaßt.
Weither mit großem Glockenläuten
Ankündigt sich ein kaum geahntes Leben,
In Formen, die unendlich viel bedeuten,
Gewaltig-schlicht im Nehmen und im Geben.

(Die Musik verstummt fast plötzlich.)
Da, da verstummt, was mich so tief gerührt,
Worin ich Göttlich-Menschliches gespürt!
Der diese Wunderwelt unwissend hergesandt,
Er hebt wohl jetzt nach Kupfergeld die Kappe,
Ein abendlicher Bettelmusikant.

(Am Fenster rechts)
Hier unten steht er nicht. Wie sonderbar!
Wo denn? Ich will durchs andre Fenster schaun . . .

(Wie er nach der Türe rechts geht, wird der Vorhang leise
zurückgeschlagen, und in der Tür steht der Tod, den
Fiedelbogen in der Hand, die Geige am Gürtel hängend. Er
sieht Claudio, der entsetzt zurückfährt, ruhig an.)
Wie packt mich sinnlos namenloses Grauen!
Wenn deiner Fiedel Klang so lieblich war,
Was bringt es solchen Krampf, dich anzuschauen?
Und schnürt die Kehle so und sträubt das Haar?
Geh weg! Du bist der Tod. Was willst du hier?
Ich furchte mich. Geh weg! Ich kann nicht schrein.

(sinkend)
Der Halt, die Luft des Lebens schwindet mir!
Geh weg! Wer rief dich? Geh! Wer ließ dich ein?

Der Tod:
Steh auf! Wirf dies ererbte Graun von dir
Ich bin nicht schauerlich, bin kein Gerippe!
Aus des Dionysos, der Venus Sippe,
Ein großer Gott der Seele steht vor dir.
Wenn in der lauen Sommerabendfeier
Durch goldne Luft ein Blatt herabgeschwebt,
Hat dich mein Wehen angeschauert,
Das traumhaft um die reifen Dinge webt;
Wenn Überschwellen der Gefühle
Mit warmer Flut die Seele zitternd füllte,
Wenn sich im plötzlichen Durchzucken
Das Ungeheure als verwandt enthüllte,
Und du, hingebend dich im großen Reigen,
Die Welt empfingest als dein eigen:
In jeder wahrhaft großen Stunde,
Die schauern deine Erdenform gemacht,
Hab ich dich angerührt im Seelengrunde
Mit heiliger, geheimnisvoller Macht.

Claudio:
Genug. Ich grüße dich, wenngleich beklommen.

(Kleine Pause.)
Doch wozu bist du eigentlich gekommen?

Der Tod:
Mein Kommen, Freund, hat stets nur einen Sinn!

Claudio:
Bei mir hats eine Weile noch dahin!
Merk: eh das Blatt zu Boden schwebt,
Hat es zur Neige seinen Saft gesogen!
Dazu fehlt viel: Ich habe nicht gelebt!

Der Tod:
Bist doch, wie alle, deinen Weg gezogen!

Claudio:
Wie abgerißne Wiesenblumen
Ein dunkles Wasser mit sich reißt,
So glitten mir die jungen Tage,
Und ich hab nie gewußt, daß das schon Leben heißt.
Dann . . . stand ich an den Lebensgittern
Der Wunder bang, von Sehnsucht süß bedrängt
Daß sie in majestätischen Gewittern
Auffliegen sollten, wundervoll gesprengt.
Es kam nicht so . . . und einmal stand ich drinnen
Der Weihe bar und konnte mich auf mich
Und alle tiefsten Wünsche nicht besinnen,
Von einem Bann befangen, der nicht wich.
Von Dämmerung verwirrt und wie verschüttet,
Verdrießlich und im Innersten zerrüttet
Mit halbem Herzen, unterbundnen Sinnen
In jedem Ganzen rätselhaft gehemmt,
Fühlt ich mich niemals recht durchglutet innen,
Von großen Wellen nie so recht geschwemmt,
Bin nie auf meinem Weg dem Gott begegnet
Mit dem man ringt, bis daß er einen segnet.

Der Tod:
Was allen, ward auch dir gegeben,
Ein Erdenleben, irdisch es zu leben.
Im Innern quillt euch allen treu ein Geist
Der diesem Chaos toter Sachen
Beziehung einzuhauchen heißt,
Und euren Garten draus zu machen
Für Wirksamkeit, Beglückung und Verdruß.
Weh dir, wenn ich dir das erst sagen muß!
Man bindet und man wird gebunden
Entfaltung wirken schwül und wilde Stunden,
In Schlaf geweint und müd geplagt
Noch wollend, schwer von Sehnsucht, halbverzagt
Tiefatmend und vom Drang des Lebens warm
Doch alle reif, fallt ihr in meinen Arm

Claudio:
Ich aber bin nicht reif, drum laß mich hier.
Ich will nicht länger töricht jammern,
Ich will mich an die Erdenscholle klammern,
Die tiefste Lebenssehnsucht schreit in mir.
Die höchste Angst zerreißt den alten Bann;
Jetzt fühl ich - laß mich - daß ich leben kann!
Ich fühls an diesem grenzenlosen Drängen:
Ich kann mein Herz an Erdendinge hängen.
O, du sollst sehn, nicht mehr wie stumme Tiere,
Nicht Puppen werden mir die andern sein!
Zum Herzen reden soll mir all das Ihre,
Ich dränge mich in jede Lust und Pein.
Ich will die Treue lernen, die der Halt
Von allem Leben ist . . . Ich füg mich so,
Daß Gut und Böse über mich Gewalt
Soll haben und mich machen wild und froh.
Dann werden sich die Schemen mir beleben!
Ich werde Menschen auf dem Wege finden,
Nicht länger stumm im Nehmen und im Geben,
Gebunden werden - ja! - und kräftig binden.

(Da er die ungerührte Miene des Todes wahrnimmt, mit
steigenderAngst)
Denn schau, glaub mir, das war nicht so bisher:
Du meinst, ich hätte doch geliebt, gehaßt . . .
Nein, nie hab ich den Kern davon erfaßt,
Es war ein Tausch von Schein und Worten leer!
Da schau, ich kann dir zeigen: Briefe, sieh,

(Er reißt eine Lade auf und entnimmt ihr Pakete geordneter
alter Briefe.)
Mit Schwüren voll und Liebeswort und Klagen;
Meinst du, ich hätte je gespürt, was die –
Gespürt, was ich als Antwort schien zu sagen?!

(Er wirft ihm die Pakete vor die Füße, daß die einzelnen Briefe
herausfliegen.)
Da hast du dieses ganze Liebesleben,
Daraus nur ich und ich nur widertönte,
Wie ich der Stimmung Auf- und Niederbeben
Mitbebend, jeden heilgen Halt verhöhnte!
Da! da! und alles andre ist wie das:
Ohn Sinn, ohn Glück, ohn Schmerz, ohn Lieb, ohn Haß!

Der Tod:
Du Tor! Du schlimmer Tor, ich will dich lehren,
Das Leben, eh du's endest, einmal ehren.
Stell dich dorthin und schweig und sieh hierher
Und lern, daß alle andern diesen Schollen
Mit lieberfülltem Erdensinn entquollen
Und nur du selber schellenlaut und leer.

(Der Tod tut ein paar Geigenstriche, gleichsam rufend. Er steht
an der Schlafzimmertüre, im Vordergrund rechts, Claudio an
der Wand links im Halbdunkel. Aus der Tür rechts tritt die
Mutter. Sie ist nicht sehr alt. Sie trägt ein langes, schwarzes
Samtkleid, eine schwarze Samthaube mit einer weißen Rüsche,
die das Gesicht umrahmt. In den feinen blassen Fingern ein
weißes Spitzentaschentuch. Sie tritt leise aus der Tür und geht
lautlos im Zimmer umher.)

Die Mutter:
Wie viele süße Schmerzen saug ich ein
Mit dieser Luft. Wie von Lavendelkraut
Ein feiner toter Atem weht die Hälfte
Von meinem Erdendasein hier umher:
Ein Mutterleben, nun, ein Dritteil Schmerzen,
Eins Plage, Sorge eins. Was weiß ein Mann
Davon?

(An der Truhe)
Die Kante da noch immer scharf?
Da schlug er sich einmal die Schläfe blutig
Freilich, er war auch klein und heftig, wild
Im Laufen, nicht zu halten. Da, das Fenster!
Da stand ich oft und horchte in die Nacht
Hinaus auf seinen Schritt mit solcher Gier
Wenn mich die Angst im Bett nicht länger litt,
Wenn er nicht kam, und schlug doch zwei, und schlug
Dann drei und fing schon blaß zu dämmern an . . .
Wie oft . . . Doch hat er nie etwas gewußt-
Ich war ja auch bei Tag hübsch viel allein.
Die Hand, die gießt die Blumen, klopft den Staub
Vom Kissen, reibt die Messingklinken blank,
So läuft der Tag: allein der Kopf hat nichts
Zu tun: da geht im Kreis ein dumpfes Rad
Mit Ahnungen und traumbeklommenem
Geheimnisvollem Schmerzgefühle, das
Wohl mit der Mutterschaft unfaßlichem
Geheimem Heiligtum zusammenhängt
Und allem tiefstem Weben dieser Welt
Verwandt ist. Aber mir ist nicht gegönnt,
Der süß beklemmend, schmerzlich nährenden,
Der Luft vergangnen Lebens mehr zu atmen.
Ich muß ja gehen, gehen . . .

(Sie geht durch die Mitteltüre ab.)

Claudio:
Mutter!

Der Tod:
Schweig!

Du bringst sie nicht zurück.

Claudio:
Ah! Mutter, komm!
Laß mich dir einmal mit den Lippen hier,
Den zuckenden, die immer schmalgepreßt,
Hochmütig schwiegen, laß mich doch vor dir
So auf den Knien . . . Ruf sie! Halt sie fest!
Sie wollte nicht! Hast du denn nicht gesehn?!
Was zwingst du sie, Entsetzlicher, zu gehn?

Der Tod:
Laß mir, was mein. Dein war es.

Claudio:
Ah! und nie
Gefühlt! Dürr, alles dürr! Wann hab ich je
Gespürt, daß alle Wurzeln meines Seins
Nach ihr sich zuckend drängten, ihre Näh
Wie einer Gottheit Nähe wundervoll
Durchschauert mich und quellend füllen soll
Mit Menschensehnsucht, Menschenlust – und -weh?!

(Der Tod, um seine Klagen unbekümmert, spielt die Melodie
eines alten Volksliedes. Langsam tritt ein junges Mädchen ein;
sie trägt ein einfaches,großgeblümtes Kleid, Kreuzbandschuhe,
um den Hals ein Stückchen Schleier, bloßer Kopf.)

Das junge Mädchen:
Es war doch schön . . . Denkst du nie mehr daran?
Freilich, du hast mir weh getan, so weh . . .
Allein was hört denn nicht in Schmerzen auf?
Ich hab so wenig frohe Tag gesehn,
Und die, die waren schön als wie ein Traum!
Die Blumen vor dem Fenster, meine Blumen,
Das kleine, wacklige Spinett, der Schrank,

In den ich deine Briefe legte und
Was du mir etwa schenktest . . . alles das
– Lach mich nicht aus – das wurde alles schön
Und redete mit wachen, lieben Lippen!
Wenn nach dem schwülen Abend Regen kam
Und wir am Fenster standen – ah, der Duft
Der nassen Bäume! – Alles das ist hin,
Gestorben, was daran lebendig war!
Und liegt in unsrer Liebe kleinem Grab.
Allein es war so schön, und du bist schuld,
Daß es so schön war. Und daß du mich dann
Fortwarfest, achtlos grausam, wie ein Kind,
Des Spielens müd, die Blumen fallen läßt . . .
Mein Gott, ich hatte nichts, dich festzubinden.

(Kleine Pause.)
Wie dann dein Brief, der letzte, schlimme, kam,
Da wollt ich sterben. Nicht um dich zu quälen,
Sag ich dir das. Ich wollte einen Brief
Zum Abschied an dich schreiben, ohne Klag,
Nicht heftig, ohne wilde Traurigkeit;
Nur so, daß du nach meiner Lieb und mir
Noch einmal solltest Heimweh haben und
Ein wenig weinen, weils dazu zu spät.
Ich hab dir nicht geschrieben. Nein. Wozu?
Was weiß denn ich, wieviel von deinem Herzen
In all dem war, was meinen armen Sinn
Mit Glanz und Fieber so erfüllte, daß
Ich wie im Traum am lichten Tage ging.
Aus Untreu macht kein guter Wille Treu,
Und Tränen machen kein Erstorbnes wach.
Man stirbt auch nicht daran. Viel später erst,
Nach langem, ödem Elend durft ich mich
Hinlegen, um zu sterben. Und ich bat,
In deiner Todesstund bei dir zu sein.
Nicht grauenvoll, um dich zu quälen nicht,
Nur wie wenn einer einen Becher Wein
Austrinkt und flüchtig ihn der Duft gemahnt
An irgendwo vergeßne leise Lust.

(Sie geht ab, Claudio birgt sein Gesicht in den Händen.
Unmittelbar nach ihrem Abgehen tritt ein Mann ein. Er hat
beiläufig Claudios Alter. Er trägt einen unordentlichen,
bestaubten Reiseanzug. In seiner linken Brust steckt mit
herausragendem Holzgriff ein Messer. Er bleibt in der Mitte
der Bühne, Claudio zugewendet, stehen.)

Der Mann:
Lebst du noch immer, Ewigspielender?
Liest immer noch Horaz und freuest dich
Am spöttisch-klugen, nie bewegten Sinn?
Mit feinen Worten bist du mir genaht,
Scheinbar gepackt von was auch mich bewegte . . .
Ich hab dich, sagtest du, gemahnt an Dinge,
Die heimlich in dir schliefen, wie der Wind
Der Nacht von fernem Ziel zuweilen redet . . .
O ja, ein feines Saitenspiel im Wind
Warst du, und der verliebte Wind dafür
Stets eines andern ausgenützter Atem,
Der meine oder sonst. Wir waren ja
Sehr lange Freunde. Freunde? Heißt: gemein
War zwischen uns Gespräch bei Tag und Nacht,
Verkehr mit gleichen Menschen, Tändelei
Mit einer gleichen Frau. Gemein: so wie
Gemeinsam zwischen Herr und Sklave ist
Haus, Sänfte, Hund, und Mittagstisch und Peitsche:
Dem ist das Haus zur Lust, ein Kerker dem;
Den trägt die Sänfte, jenem drückt die Schulter
Ihr Schnitzwerk wund; der läßt den Hund im Garten
Durch Reifen springen, jener wartet ihn! . . .
Halbfertige Gefühle, meiner Seele
Schmerzlich geborne Perlen, nahmst du mir
Und warfst sie als dein Spielzeug in die Luft,
Du, schnellbefreundet, fertig schnell mit jedem,
Ich mit dem stummen Werben in der Seele
Und Zähne zugepreßt, du ohne Scheu
An allem tastend, während mir das Wort
Mißtrauisch und verschüchtert starb am Weg.
Da kam uns in den Weg ein Weib. Was mich

23

Ergriff, wie Krankheit über einen kommt,
Wo alle Sinne taumeln, überwach
Von allzu vielem Schaun nach einem Ziel . . .
Nach einem solchen Ziel, voll süßer Schwermut
Und wildem Glanz und Duft, aus tiefem Dunkel
Wie Wetterleuchten webend . . . Alles das,
Du sahst es auch, es reizte dich! . . . ¯Ja, weil
Ich selber ähnlich bin zu mancher Seit,
So reizte mich des Mädchens müde Art
Und herbe Hoheit, so enttäuschten Sinns
Bei solcher Jugend. Hast du mirs denn nicht
Dann später so erzählt? Es reizte dich!
Mir war es mehr als dieses Blut und Hirn!
Und sattgespielt warfst du die Puppe mir,
Mir zu, ihr ganzes Bild vom Überdruß
In dir entstellt, so fürchterlich verzerrt,
Des wundervollen Zaubers so entblößt,
Die Züge sinnlos, das lebendge Haar
Tot hängend, warfst mir eine Larve zu,
In schnödes Nichts mit widerlicher Kunst
Zersetzend rätselhaften süßen Reiz.
Für dieses haßte endlich ich dich so,
Wie dich mein dunkles Ahnen stets gehaßt,
Und wich dir aus.
Dann trieb mich mein Geschick,
Das endlich mich Zerbrochnen segnete,
Mit einem Ziel und Willen in der Brust –
Die nicht in deiner giftgen Nähe ganz
Für alle Triebe abgestorben war –
Ja, für ein Hohes trieb mich mein Geschick
In dieser Mörderklinge herben Tod,
Der mich in einen Straßengraben warf,
Darin ich liegend langsam moderte
Um Dinge, die du nicht begreifen kannst,
Und dreimal selig dennoch gegen dich,
Der keinem etwas war und keiner ihm.

(Er geht ab.)

Claudio:
Wohl keinem etwas, keiner etwas mir.

(Sich langsam aufrichtend)
Wie auf der Bühn ein schlechter Komödiant –
Aufs Stichwort kommt er, redt sein Teil und geht
Gleichgültig gegen alles andre, stumpf,
Vom Klang der eignen Stimme ungerührt
Und hohlen Tones andre rührend nicht:
So über diese Lebensbühne hin
Bin ich gegangen ohne Kraft und Wert.
Warum geschah mir das? Warum, du Tod,
Mußt du mich lehren erst das Leben sehen,
Nicht wie durch einen Schleier, wach und ganz,
Da etwas weckend, so vorübergehen?
Warum bemächtigt sich des Kindersinns
So hohe Ahnung von den Lebensdingen,
Daß dann die Dinge, wenn sie wirklich sind,
Nur schale Schauer des Erinnerns bringen?
Warum erklingt uns nicht dein Geigenspiel,
Aufwühlend die verborgne Geisterwelt,
Die unser Busen heimlich hält,
Verschüttet, dem Bewußtsein so verschwiegen,
Wie Blumen im Geröll verschüttet liegen?
Könnt ich mit dir sein, wo man dich nur hört,
Nicht von verworrner Kleinlichkeit verstört!
Ich kanns! Gewähre, was du mir gedroht:
Da tot mein Leben war, sei du mein Leben, Tod!
Was zwingt mich, der ich beides nicht erkenne,
Daß ich dich Tod und jenes Leben nenne?
In eine Stunde kannst du Leben pressen,
Mehr als das ganze Leben konnte halten,
Das Schattenhafte will ich ganz vergessen
Und weih mich deinen Wundern und Gewalten.

(Er besinnt sich einen Augenblick.)
Kann sein, dies ist nur sterbendes Besinnen,
Heraufgespült vom tödlich wachen Blut,
Doch hab ich nie mit allen Lebenssinnen

So viel ergriffen, und so nenn ichs gut!
Wenn ich jetzt ausgelöscht hinsterben soll,
Mein Hirn von dieser Stunde also voll,
Dann schwinde alles blasse Leben hin:
Erst, da ich sterbe, spür ich, daß ich bin.
Wenn einer träumt, so kann ein Übermaß
Geträumten Fühlens ihn erwachen machen,
So wach ich jetzt, im Fühlens Übermaß
Vom Lebenstraum wohl auf im Todeswachen.

(Er sinkt tot zu den Füßen des Todes nieder.)

Der Tod: (in dem er kopfschüttelnd langsam abgeht)
Wie wundervoll sind diese Wesen,
Die, was nicht deutbar, dennoch deuten,
Was nie geschrieben wurde, lesen,
Verworrenes beherrschend binden
Und Wege noch im Ewig-Dunkeln finden.

(Er verschwindet in der Mitteltür, seine Worte verklingen.
Im Zimmer bleibt es still. Draußen sieht man durchs Fenster
den Tod geigenspielend vorübergehen, hinter ihm die Mutter,
auch das Mädchen, dicht bei ihnen eine Claudio gleichende
Gestalt.)

Der Tod des Tizian

Bruchstück.

1892

Dramatis Personae:

Der Prolog, ein Page
Filippo Pomponio Vecellio, genannt Tizianello, des Meisters
Sohn
Giocondo
Desiderio
Gianino (er ist 16 Jahre alt und sehr schön)
Batista
Antonio
Paris
Lavinia, eine Tochter des Meisters
Cassandra
Lisa

Spielt im Jahr 1576, da Tizian neunundneunzigjährig starb.

Die Szene ist auf der Terrasse von Tizians Villa, nahe bei Venedig.

Prolog

Der Prolog, ein Page, tritt zwischen dem Vorhang hervor, grüßt artig, setzt sich auf die Rampe und läßt die Beine (er trägt rosa Seidenstrümpfe und mattgelbe Schuhe) ins Orchester hängen:

Das Stück, ihr klugen Herrn und hübschen Damen,
Das sie heut abend vor euch spielen wollen,
Hab ich gelesen.
Mein Freund, der Dichter, hat mirs selbst gegeben.

Ich stieg einmal die große Treppe nieder
In unserm Schloß, da hängen alte Bilder
Mit schönen Wappen, klingenden Devisen,
Bei denen mir so viel Gedanken kommen
Und eine Trunkenheit von fremden Dingen,
Daß mir zuweilen ist, als müßt ich weinen ...
Da blieb ich stehn bei des Infanten Bild –
Er ist sehr jung und blaß und früh verstorben ...
Ich seh ihm ähnlich – sagen sie – und drum
Lieb ich ihn auch und bleib dort immer stehn
Und ziehe meinen Dolch und seh ihn an
Und lächle trüb: denn so ist er gemalt:
Traurig und lächelnd und mit einem Dolch ...
Und wenn es ringsum still und dämmrig ist,
So träum ich dann, ich wäre der Infant,
Der längst verstorbne traurige Infant ...
Da schreckt mich auf ein leises, leichtes Gehen,
Und aus dem Erker tritt mein Freund, der Dichter.
Und küßt mich seltsam lächelnd auf die Stirn
Und sagt, und beinah ernst ist seine Stimme:

»Schauspieler deiner selbstgeschaffnen Träume,
Ich weiß, mein Freund, daß sie dich Lügner nennen

Und dich verachten, die dich nicht verstehen,
Doch ich versteh dich, o mein Zwillingsbruder.«
Und seltsam lächelnd ging er leise fort,
Und später hat er mir sein Stück geschenkt.

Mir hats gefallen, zwar ists nicht so hübsch
Wie Lieder, die das Volk im Sommer singt,
Wie hübsche Frauen, wie ein Kind, das lacht,
Und wie Jasmin in einer Delfter Vase ...
Doch mir gefällts, weils ähnlich ist wie ich:
Vom jungen Ahnen hat es seine Farben
Und hat den Schmelz der ungelebten Dinge;
Altkluger Weisheit voll und frühen Zweifels,
Mit einer großen Sehnsucht doch, die fragt.

Wie man zuweilen beim Vorübergehen
Von einem Köpfchen das Profil erhascht, –
Sie lehnt kokett verborgen in der Sänfte,
Man kennt sie nicht, man hat sie kaum gesehen
(Wer weiß, man hätte sie vielleicht geliebt,
Wer weiß, man kennt sie nicht und liebt sie doch) –
Inzwischen malt man sich in hellen Träumen
Die Sänfte aus, die hübsche weiße Sänfte,
Und drinnen duftig zwischen rosa Seide
Das blonde Köpfchen, kaum im Flug gesehn,
Vielleicht ganz falsch, was tuts ... die Seele wills ...
So, dünkt mich, ist das Leben hier gemalt
Mit unerfahrnen Farben des Verlangens
Und stillem Durst, der sich in Träumen wiegt.

Spätsommermittag. Auf Polstern und Teppichen lagern auf den
Stufen, die rings zur Rampe führen, Desiderio, Antonio, Batista
und Paris. Alle schweigen, der Wind bewegt leise den Vorhang
der Tür. Tizianello und Gianino kommen nach einer Weile aus
der Tür rechts. Desiderio, Antonio, Batista und Paris treten
ihnen besorgt und fragend entgegen und drängen sich an sie.
Nach einer kleinen Pause:

Paris:

Nicht gut?

Gianino: (mit erstickter Stimme)

Sehr schlecht.

(Zu Tizianello, der in Tränen ausbricht)

Mein armer lieber Pippo!

Batista:

Er schläft?

Gianino:

Nein, er ist wach und phantasiert
Und hat die Staffelei begehrt.

Antonio:

Allein
Man darf sie ihm nicht geben, nicht wahr, nein?

Gianino:

Ja, sagt der Arzt, wir sollen ihn nicht quälen
Und geben, was er will, in seine Hände.

Tizianello: (ausbrechend)

Heut oder morgen ists ja doch zu Ende!

Gianino:

Er darf uns länger, sagt er, nicht verhehlen ...

Paris:

Nein, sterben, sterben kann der Meister nicht!
Da lügt der Arzt, er weiß nicht, was er spricht.

Desiderio:

Der Tizian sterben, der das Leben schafft!
Wer hätte dann zum Leben Recht und Kraft?

Batista:

Doch weiß er selbst nicht, wie es um ihn steht?

Tizianello:

Im Fieber malt er an dem neuen Bild,
In atemloser Hast, unheimlich, wild;
Die Mädchen sind bei ihm und müssen stehn,
Uns aber hieß er aus dem Zimmer gehn.

Antonio:

Kann er denn malen? Hat er denn die Kraft?

Tizianello:

Mit einer rätselhaften Leidenschaft,
Die ich beim Malen nie an ihm gekannt,
Von einem martervollen Zwang gebannt –

Ein Page kommt aus der Tür rechts, hinter ihm Diener; alle
erschrecken.

Tizianello, Gianino, Paris:

Was ist?

Page:

Nichts, nichts. Der Meister hat befohlen,
Daß wir vom Gartensaal die Bilder holen.

Tizianello:

Was will er denn?

Page:

Er sagt, er muß sie sehen ...
»Die alten, die erbärmlichen, die bleichen,
Mit seinem neuen, das er malt, vergleichen ...
Sehr schwere Dinge seien ihm jetzt klar,
Es komme ihm ein unerhört Verstehen,
Daß er bis jetzt ein matter Stümper war ...«
Soll man ihm folgen?

Tizianello:

Gehet, gehet, eilt!
Ihn martert jeder Pulsschlag, den ihr weilt.

(Die Diener sind indessen über die Bühne gegangen, an der
Treppe holt sie der Page ein. Tizianello geht auf den
Fußspitzen, leise den Vorhang aufhebend, hinein. Die andern
gehen unruhig auf nieder.)

Antonio: (halblaut)

Wie fürchterlich, dies letzte, wie unsäglich ...
Der Göttliche, der Meister, lallend, kläglich ...

Gianino:

Er sprach schon früher, was ich nicht verstand,
Gebietend ausgestreckt die blasse Hand ...
Dann sah er uns mit großen Augen an
Und schrie laut auf:»Es lebt der große Pan.«
Und vieles mehr, mir wars, als ob er strebte,
Das schwindende Vermögen zu gestalten,
Mit überstarken Formeln festzuhalten,
Sich selber zu beweisen, daß er lebte,
Mit starkem Wort, indes die Stimme bebte.

Tizianello: (zurückkommend)

Jetzt ist er wieder ruhig, und es strahlt
Aus seiner Blässe, und er malt und malt.
In seinen Augen ist ein guter Schimmer.
Und mit den Mädchen plaudert er wie immer.

Antonio:

So legen wir uns auf die Stufen nieder
Und hoffen bis zum nächsten Schlimmern wieder.

(Sie lagern sich auf den Stufen. Tizianello spielt mit Gianinos
Haar, die Augen halb geschlossen.)

Batista (halb für sich)

Das Schlimmre ... dann das Schlimmste endlich ... nein.
Das Schlimmste kommt, wenn gar nichts Schlimmres mehr,
Das tote, taube, dürre Weitersein ...
Heut ist es noch, als obs undenkbar wär ...
Und wird doch morgen sein.

Pause.

Gianino:

Ich bin so müd.

Paris:

Das macht die Luft, die schwüle, und der Süd.

Tizianello: (lächelnd)

Der Arme hat die ganze Nacht gewacht!

Gianino: (auf den Arm gestützt)

Ja, du ... die erste, die ich ganz durchwacht.
Doch woher weißt denn dus?

Tizianello:

Ich fühlt es ja,
Erst war dein stilles Atmen meinem nah,
Dann standst du auf und saßest auf den Stufen ...

Gianino:

Mir wars, als ginge durch die blaue Nacht,
Die atmende, ein rätselhaftes Rufen.
Und nirgends war ein Schlaf in der Natur.
Mit Atemholen tief und feuchten Lippen,
So lag sie, horchend in das große Dunkel,
Und lauschte auf geheimer Dinge Spur.
Und sickernd, rieselnd kam das Sterngefunkel
Hernieder auf die weiche, wache Flur.
Und alle Früchte, schweren Blutes, schwollen
Im gelben Mond und seinem Glanz, dem vollen,
Und alle Brunnen glänzten seinem Ziehn.
Und es erwachten schwere Harmonien.
Und wo die Wolkenschatten hastig glitten,

War wie ein Laut von weichen, nackten Tritten ...
Leis stand ich auf – ich war an dich geschmiegt –

(Er steht erzählend auf, zu Tizianello geneigt)

Da schwebte durch die Nacht ein süßes Tönen,
Als hörte man die Flöte leise stöhnen,
Die in der Hand aus Marmor sinnend wiegt
Der Faun, der da im schwarzen Lorbeer steht
Gleich nebenan, beim Nachtviolenbeet.
Ich sah ihn stehen, still und marmorn leuchten;
Und um ihn her im silbrig-blauen Feuchten,
Wo sich die offenen Granaten wiegen,
Da sah ich deutlich viele Bienen fliegen
Und viele saugen, auf das Rot gesunken,
Von nächtgem Duft und reifem Safte trunken.
Und wie des Dunkels leiser Atemzug
Den Duft des Gartens um die Stirn mir trug,
Da schien es mir wie das Vorüberschweifen
Von einem weichen, wogenden Gewand
Und die Berührung einer warmen Hand.
In weißen, seidig-weißen Mondesstreifen
War liebestoller Mücken dichter Tanz,
Und auf dem Teiche lag ein weicher Glanz
Und plätscherte und blinkte auf und nieder.
Ich weiß es heut nicht, obs die Schwäne waren,
Ob badender Najaden weiße Glieder,
Und wie ein süßer Duft von Frauenhaaren
Vermischte sich dem Duft der Aloe ...
Und was da war, ist mir in eins verflossen:
In *eine* überstarke, schwere Pracht,
Die Sinne stumm und Worte sinnlos macht.

Antonio:

Beneidenswerter, der das noch erlebt
Und solche Dinge in das Dunkel webt!

Gianino:

Ich war in halbem Traum bis dort gegangen,
Wo man die Stadt sieht, wie sie drunten ruht,
Sich flüsternd schmieget in das Kleid von Prangen,
Das Mond um ihren Schlaf gemacht und Flut.
Ihr Lispeln weht manchmal der Nachtwind her,
So geisterhaft, verlöschend leisen Klang,
Beklemmend seltsam und verlockend bang.
Ich hört es oft, doch niemals dacht ich mehr ...
Da aber hab ich plötzlich viel gefühlt:
Ich ahnt in ihrem steinern stillen Schweigen,
Vom blauen Strom der Nacht emporgespült,
Des roten Bluts bacchantisch wilden Reigen,
Um ihre Dächer sah ich Phosphor glimmen,
Den Widerschein geheimer Dinge schwimmen.
Und schwindelnd überkams mich auf einmal:
Wohl schlief die Stadt: es wacht der Rausch, die Qual,
Der Haß, der Geist, das Blut: das Leben wacht.
Das Leben, das lebendige, allmächtge –
Man kann es haben und doch sein' vergessen! ...

(Er hält einen Augenblick inne.)

Und alles das hat mich so müd gemacht:
Es war so viel in dieser einen Nacht.

Desiderio: (an der Rampe, zu Gianino)

Siehst du die Stadt, wie jetzt sie drunten ruht?
Gehüllt in Duft und goldne Abendglut
Und rosig helles Gelb und helles Grau,
Zu ihren Füßen schwarzer Schatten Blau,
In Schönheit lockend, feuchtverklärter Reinheit?
Allein in diesem Duft, dem ahnungsvollen,
Da wohnt die Häßlichkeit und die Gemeinheit,
Und bei den Tieren wohnen dort die Tollen;
Und was die Ferne weise dir verhüllt,
Ist ekelhaft und trüb und schal erfüllt

Von Wesen, die die Schönheit nicht erkennen
Und ihre Welt mit unsren Worten nennen ...
Denn unsre Wonne oder unsre Pein
Hat mit der ihren nur das Wort gemein ...
Und liegen wir in tiefem Schlaf befangen,
So gleicht der unsre ihrem Schlafe nicht:
Da schlafen Purpurblüten, goldne Schlangen,
Da schläft ein Berg, in dem Titanen hämmern –
Sie aber schlafen, wie die Austern dämmern.

Antonio: (halb aufgerichtet)

Darum umgeben Gitter, hohe, schlanke,
Den Garten, den der Meister ließ erbauen,
Darum durch üppig blumendes Geranke
Soll man das Außen ahnen mehr als schauen.

Paris: (ebenso)

Das ist die Lehre der verschlungnen Gänge.

Batista: (ebenso)

Das ist die große Kunst des Hintergrundes
Und das Geheimnis zweifelhafter Lichter.

Tizianello: (mit geschlossenen Augen)

Das macht so schön die halbverwehten Klänge,
So schön die dunklen Worte toter Dichter
Und alle Dinge, denen wir entsagen.

Paris:

Das ist der Zauber auf versunknen Tagen
Und ist der Quell des grenzenlosen Schönen,
Denn wir ersticken, wo wir uns gewöhnen.

(Alle verstummen. Pause. Tizianello weint leise vor sich hin.)

Gianino: (schmeichelnd)

Du darfst dich nicht so trostlos drein versenken,
Nicht unaufhörlich an das eine denken.

Tizianello: (traurig lächelnd)

Als ob der Schmerz denn etwas andres wär
Als dieses ewige Dran-denken-müssen,
Bis es am Ende farblos wird und leer ...
So laß mich nur in den Gedanken wühlen,
Denn von den Leiden und von den Genüssen
Hab längst ich abgestreift das bunte Kleid,
Das um sie webt die Unbefangenheit,
Und einfach hab ich schon verlernt zu fühlen.

Pause.

Gianino:

Wo nur Giocondo bleibt?

Tizianello:

Lang vor dem Morgen
– Ihr schlieft noch – schlich er leise durch die Pforte,
Auf blasser Stirn den Kuß der Liebessorgen
Und auf den Lippen eifersüchtge Worte ...

Pagen tragen zwei Bilder über die Bühne (die Venus mit den
Blumen und das große Bacchanal); die Schüler erheben sich
und stehen, solange die Bilder vorübergetragen werden, mit
gesenktem Kopf, das Barett in der Hand. Nach einer Pause
(alle stehen):

Desiderio:

Wer lebt nach ihm, ein Künstler und Lebendger,
Im Geiste herrlich und der Dinge Bändger
Und in der Einfalt weise wie das Kind?

Antonio:

Wer ist, der seiner Weihe freudig traut?

Batista:

Wer ist, dem nicht vor seinem Wissen graut?

Paris:

Wir will uns sagen, ob wir Künstler sind?

Gianino:

Er hat den regungslosen Wald belebt:
Und wo die braunen Weiher murmelnd liegen
Und Efeuranken sich an Buchen schmiegen,
Da hat er Götter in das Nichts gewebt:
Den Satyr, der die Syrinx tönend hebt,
Bis alle Dinge in Verlangen schwellen
Und Hirten sich den Hirtinnen gesellen ...

Batista:

Er hat den Wolken, die vorüberschweben,
Den wesenlosen, einen Sinn gegeben:
Der blassen, weißen schleierhaftes Dehnen
Gedeutet in ein blasses, süßes Sehnen;
Der mächtgen goldumrandet schwarzes Wallen
Und runde, graue, die sich lachend ballen,
Und rosig silberne, die abends ziehn:
Sie haben Seele, haben Sinn durch ihn.

Er hat aus Klippen, nackten, fahlen, bleichen,
Aus grüner Wogen brandend weißem Schäumen,
Aus schwarzer Haine regungslosem Träumen
Und aus der Trauer blitzgetroffner Eichen</pre>
Ein Menschliches gemacht, das wir verstehen,
Und uns gelehrt, den Geist der Nacht zu sehen.

Paris:

Er hat uns aufgeweckt aus halber Nacht
Und unsre Seelen licht und reich gemacht
Und uns gewiesen, jedes Tages Fließen
Und Fluten als ein Schauspiel zu genießen,
Die Schönheit aller Formen zu verstehen
Und unsrem eignen Leben zuzusehen.
Die Frauen und die Blumen und die Wellen
Und Seide, Gold und bunter Steine Strahl
Und hohe Brücken und das Frühlingstal
Mit blonden Nymphen an kristallnen Quellen,
Und was ein jeder nur zu träumen liebt
Und was uns wachend Herrliches umgibt:
Hat seine große Schönheit erst empfangen,
Seit es durch seine Seele durchgegangen.

Antonio:

Was für die schlanke Schönheit Reigentanz,
Was Fackelschein für bunten Maskenkranz,
Was für die Seele, die im Schlafe liegt,
Musik, die wogend sie in Rhythmen wiegt,
Und was der Spiegel für die junge Frau
Und für die Blüten Sonne, licht und lau:
Ein Auge, ein harmonisch Element,
In dem die Schönheit erst sich selbst erkennt –
Das fand Natur in seines Wesens Strahl.
»Erweck uns, mach aus uns ein Bacchanal!«
Rief alles Lebende, das ihn ersehnte
Und seinem Blick sich stumm entgegendehnte.

Während Antonio spricht, sind die drei Mädchen leise aus der Tür getreten und zuhörend stehengeblieben; nur Tizianello, der zerstreut und teilnahmlos abseits rechts steht, scheint sie zu bemerken. Lavinia trägt das blonde Haar im Goldnetz und das reiche Kostüm einer venezianischen Patrizierin. Cassandra und Lisa, etwa neunzehn- und siebzehnjährig, tragen beide ein einfaches, kaum stilisiertes Peplum aus weißem, anschmiegendem, flutendem Byssus; nackte Arme mit goldenen Schlangenreifen; Sandalen, Gürtel aus Goldstoff. Cassandra ist aschblond, graziös. Lisa hat eine gelbe Rosenknospe im schwarzen Haar. Irgend etwas an ihr erinnert ans Knabenhafte, wie irgend etwas an Gianino ans Mädchenhafte erinnert. Hinter ihnen tritt ein Page aus der Tür, der einen getriebenen silbernen Weinkrug und Becher trägt.

Antonio:

Daß uns die fernen Bäume lieblich sind,
Die träumerischen, dort im Abendwind ...

Paris:

Und daß wir Schönheit sehen in der Flucht
Der weißen Segel in der blauen Bucht ...

Tizianello: (zu den Mädchen, die er mit einer leichten Verbeugung begrüßt hat; alle andern drehen sich um)

Und daß wir eures Haares Duft und Schein
Und eurer Formen mattes Elfenbein
Und goldne Gürtel, die euch weich umwinden,
So wie Musik und wie ein Glück empfinden –
Das macht: Er lehrte uns die Dinge sehen ...

(bitter)

Und das wird man da drunten nie verstehen!

Gianino: (zu den Mädchen)

Ist er allein? Soll niemand zu ihm gehen?

Lavinia:

Bleibt alle hier. Er will jetzt niemand sehen.

Desiderio:

Vom Schaffen beben ihm der Seele Saiten;
Und jeder Laut beleidigt die geweihten!

Tizianello:

O, käm ihm jetzt der Tod, mit sanftem Neigen,
In dieser schönen Trunkenheit, im Schweigen!

Paris:

Allein das Bild? Vollendet er das Bild?

Antonio:

Was wird es werden?

Batista:

Kann man es erkennen?

Lavinia:

Wir werden ihnen unsre Haltung nennen.
Ich bin die Göttin Venus, diese war
So schön, daß ihre Schönheit trunken machte.

Cassandra:

Mich malte er, wie ich verstohlen lachte,
Von vielen Küssen feucht das offne Haar.

Lisa:

Ich halte eine Puppe in den Händen,
Die ganz verhüllt ist und verschleiert ganz,
Und sehe sie mir scheu verlangend an:
Denn diese Puppe ist der große Pan,
Ein Gott,
Der das Geheimnis ist von allem Leben.
Den halt ich in den Armen wie ein Kind.
Doch ringsum fühl ich rätselhaftes Weben,
Und mich verwirrt der laue Abendwind.

Lavinia:

Mich spiegelt still und wonnevoll der Teich.

Cassandra:

Mir küßt den Fuß der Rasen kühl und weich.

Lisa:

Schwergolden glüht die Sonne, die sich wendet:
Das ist das Bild, und morgen ists vollendet.

Lavinia:

Indes er so dem Leben Leben gab,
Sprach er mit Ruhe viel von seinem Grab.
Im bläulich bebenden schwarzgrünen Hain
Am weißen Strand will er begraben sein:
Wo dichtverschlungen viele Pflanzen stehen,
Gedankenlos im Werden und Vergehen,

Und alle Dinge ihrer selbst vergessen,
Und wo am Meere, das sich träumend regt,
Der leise Puls des stummen Lebens schlägt.

Paris:

Er will im Unbewußten untersinken,
Und wir, wir sollen seine Seele trinken
In des lebendgen Lebens lichtem Wein,
Und wo wir Schönheit sehen, wird Er sein!

Desiderio:

Er aber hat die Schönheit stets gesehen,
Und jeder Augenblick war ihm Erfüllung,
Indessen wir zu schaffen nicht verstehen
Und hilflos harren müssen der Enthüllung ...
Und unsre Gegenwart ist trüb und leer,
Kommt uns die Weihe nicht von außen her.
Ja, hätte der nicht seine Liebessorgen,
Die ihm mit Rot und Schwarz das Heute färben.
Und hätte jener nicht den Traum von morgen
Mit leuchtender Erwartung, Glück zu werben,
Und hätte jeder nicht ein heimlich Bangen
Von irgend etwas und ein still Verlangen
Nach irgend etwas und Erregung viel
Mit innrer Lichter buntem Farbenspiel
Und irgend etwas, das zu kommen säumt,
Wovon die Seele ihm phantastisch träumt,
Und irgend etwas, das zu Ende geht,
Wovon ein Schmerz verklärend ihn durchweht –:
So lebten wir in Dämmerung dahin,
Und unser Leben hätte keinen Sinn ...

Die aber wie der Meister sind, die gehen,
Und Schönheit wird und Sinn, wohin sie sehen.

Idylle

Nach einem antiken Vasenbild: Zentaur mit verwundeter Frau am Rand eines Flusses.

Der Schauplatz im Böcklinschen Stil. Eine offene Dorfschmiede. Dahinter das Haus, im Hintergrunde ein Fluß. Der Schmied an der Arbeit, sein Weib müßig an die Türe gelehnt, die von der Schmiede ins Haus führt. Auf dem Boden spielt ein blondes kleines Kind mit einer zahmen Krabbe. In einer Nische ein Weinschlauch, ein paar frische Feigen und Melonenschalen.

Der Schmied:

Wohin verlieren dir die sinnenden Gedanken sich,
Indes du schweigend mir das Werk, feindselig fast,
Mit solchen Lippen, leise zuckenden, beschaust?

Die Frau:

Im blütenweißen, kleinen Garten saß ich oft,
Den Blick aufs väterliche Handwerk hingewandt,
Das nette Werk des Töpfers: wie der Scheibe da,
Der surrenden im Kreis, die edle Form entstieg,
Im stillen Werden einer zarten Blume gleich,
Mit kühlem Glanz des Elfenbeins. Darauf erschuf
Der Vater Henkel, mit Akanthusblatt geziert,
Und ein Akanthus-, ein Olivenkranz wohl auch
Umlief als dunkelroter Schmuck des Kruges Rand.
Den schönen Körper dann belebte er mit Reigenkranz
Der Horen, der vorüberschwebend lebenspendenden.
Er schuf, gestreckt auf königliche Ruhebank,
Der Phädra wundervollen Leib, von Sehnsucht matt,
Und drüber flatternd Eros, der mit süßer Qual die Glieder füllt.
Gewaltgen Krügen liebte er ein Bacchusfest
Zum Schmuck zu geben, wo der Purpurtraubensaft
Aufsprühte unter der Mänade nacktem Fuß
Und fliegend Haar und Thyrsusschwung die Luft erfüllt.
Auf Totenurnen war Persephoneias hohes Bild,
Die mit den seelenlosen, roten Augen schaut
Und, Blumen des Vergessens, Mohn, im heiligen Haar,
Das lebenfremde, asphodelische Gefilde tritt.
Des Redens wär kein Ende, zählt ich alle auf,
Die göttlichen, an deren schönem Leben ich
– Zum zweiten Male lebend, was gebildet war –,
An deren Gram und Haß und Liebeslust
Und wechselndem Erlebnis jeder Art
Ich also Anteil hatte, ich, ein Kind,
Die mir mit halbverstandener Gefühle Hauch
Anrührten meiner Seele tiefstes Saitenspiel,
Daß mir zuweilen war, als hätte ich im Schlaf

Die stets verborgenen Mysterien durchirrt
Von Luft und Leid, Erkennende mit wachem Aug,
Davon, an dieses Sonnenlicht zurückgekehrt,
Mir mahnendes Gedenken andern Lebens bleibt
Und eine Fremde, Ausgeschloßne aus mir macht
In dieser nährenden, lebendgen Luft der Welt.

Der Schmied:

Den Sinn des Seins verwirrte allzu vieler Müßiggang
Dem schön gesinnten, gern verträumten Kind, mich dünkt.
Und jene Ehrfurcht fehlte, die zu trennen weiß,
Was Göttern ziemt, was Menschen! Wie Semele dies,
Die töricht fordernde, vergehend erst begriff.
Des Gatten Handwerk lerne heilig halten du,
Das aus des mütterlichen Grundes Eingeweiden stammt
Und, sich die hundertarmig Ungebändigte,
Die Flamme, unterwerfend, klug und kraftvoll wirkt.

Die Frau:

Die Flamme anzusehen, lockts mich immer neu,
Die wechselnde, mit heißem Hauch berauschende.

Der Schmied:

Vielmehr erfreue Anblick dich des Werks!
Die Waffen sieh, der Pflugschar heilige Härte auch,
Und dieses Beil, das wilde Bäume uns zur Hütte fügt.
So schafft der Schmied, was alles andre schaffen soll.
Wo duftig aufgeworfne Scholle Samen trinkt
Und gelbes Korn der Sichel dann entgegenquillt,
Wo zwischen stillen Stämmen nach dem scheuen Wild
Der Pfeil hinschwirrt und tödlich in den Nacken schlägt,
Wo harter Huf von Rossen staubaufwirbelnd dröhnt
Und rasche Räder rollen zwischen Stadt und Stadt,
Wo der gewaltig klirrende, der Männerstreit
Die hohe liederwerte Männlichkeit enthüllt:

Da wirk ich fort und halt umwunden so die Welt
Mit starken Spuren meines Tuens, weil es tüchtig ist.

Pause.

Die Frau:

Zentauren seh ich einen nahen, Jüngling noch,
Ein schöner Gott mir scheinend, wenn auch halb ein Tier,
Und aus dem Hain, entlang dem Ufer, traben her.

Der Zentaur: (einen Speer in der Hand, den er dem Schmied
hinhält)

Find ich dem stumpfgewordnen Speere Heilung hier
Und neue Spitze der geschwungnen Wucht? Verkünd!

Der Schmied:

Ob deinesgleichen auch, dich selber sah ich nie.

Der Zentaur:

Zum ersten Male lockte mir den Lauf
Nach eurem Dorf Bedürfnis, das du kennst.

Der Schmied:

Ihm soll
In kurzem abgeholfen sein. Indes erzählst
Du, wenn du dir den Dank der Frau verdienen willst,
Von fremden Wundern, die du wohl gesehn, wovon
Hieher nicht Kunde dringt, wenn nicht ein Wandrer kommt.

Die Frau

Ich reiche dir zuerst den vollen Schlauch: er ist
Mit kühlem, säuerlichem Apfelwein gefüllt,

Denn andrer ist uns nicht. Das nächste Dürsten stillt
Wohl etwa weit von hier aus beßrer Schale dir
Mit heißerm Safte eine schönre Frau als ich.

(Sie hat den Wein aus dem Schlauch in eine irdene Trinkschale
gegossen, die er langsam schlürft.)

Der Zentaur:

Die allgemeinen Straßen zog ich nicht und mied
Der Hafenplätze vielvermengendes Gewühl,
Wo einer leicht von Schiffern bunte Mär erfährt.
Die öden Heiden wählte ich zum Tagesweg,
Flamingos nur und schwarze Stiere störend auf,
Und stampfte nachts das Heidekraut dahin im Duft,
Das hyazinthne Dunkel über mir.
Zuweilen kam ich wandernd einem Hain vorbei,
Wo sich, zu flüchtig eigensinnger Lust gewillt,
Aus einem Schwarme von Najaden eine mir
Für eine Strecke Wegs gesellte, die ich dann
An einen jungen Satyr wiederum verlor,
Der syrinxblasend, lockend wo am Wege saß.

Die Frau:

Unsäglich reizend dünkt dies Ungebundne mir.

Der Schmied:

Die Waldgebornen kennen Scham und Treue nicht,
Die erst das Haus verlangen und bewahren lehrt.

Die Frau:

Ward dir, dem Flötenspiel des Pan zu lauschen? Sag!

Der Zentaur:

In einem stillen Kesseltal ward mirs beschert.
Da wogte mit dem schwülen Abendwind herab
Vom Rand der Felsen rätselhaftestes Getön,
So tief aufwühlend wie vereinter Drang
Von allem Tiefsten, was die Seele je durchbebt,
Als flög mein Ich im Wirbel fortgerissen mir
Durch tausendfach verschiedne Trunkenheit hindurch.

Der Schmied:

Verbotenes laß lieber unberedet sein!

Die Frau:

Laß immerhin, was regt die Seele schöner auf?

Der Schmied:

Das Leben zeitigt selbst den höhern Herzensschlag,
Wie reife Frucht vom Zweige sich erfreulich löst.
Und nicht zu andern Schauern sind geboren wir,
Als uns das Schicksal über unsre Lebenswelle haucht.

Der Zentaur:

So blieb die wunderbare Kunst dir unbekannt,
Die Götter üben: unter Menschen Mensch,
Zu andern Zeiten aufzugehn im Sturmeshauch,
Und ein Delphin zu plätschern wiederum im Naß
Und ätherkreisend einzusaugen Adlerluft?
Du kennst, mich dünkt, nur wenig von der Welt, mein Freund.

Der Schmied:

Die ganze kenn ich, kennend meinen Kreis,
Maßloses nicht verlangend, noch begierig ich,

Die flüchtge Flut zu ballen in der hohlen Hand.
Den Bach, der deine Wiege schaukelte, erkennen lern,
Den Nachbarbaum, der dir die Früchte an der Sonne reift
Und dufterfüllten lauen Schatten niedergießt,
Das kühle grüne Gras, es trats dein Fuß als Kind.
Die alten Eltern tratens, leise frierende,
Und die Geliebte trats, da quollen duftend auf
Die Veilchen, schmiegend unter ihre Sohlen sich;
Das Haus begreif, in dem du lebst und sterben sollst,
Und dann, ein Wirkender, begreif dich selber ehrfurchtsvoll,
An diesen hast du mehr, als du erfassen kannst –
Den Wanderliebenden, ich halt ihn länger nicht, allein
Der letzten Glättung noch bedarfs, die Feile fehlt,
Ich finde sie und schaffe dir das letzte noch.

(Er geht ins Haus.)

Die Frau:

Dich führt wohl nimmermehr der Weg hieher zurück.
Hinstampfend durch die hyazinthne Nacht, berauscht,
Vergissest meiner du am Wege, fürcht ich, bald,
Die deiner, fürcht ich, nicht so bald vergessen kann.

Der Zentaur:

Du irrst: verdammt von dir zu scheiden, wärs,
Als schlügen sich die Gitter dröhnend hinter mir
Von aller Liebe dufterfülltem Garten zu.
Doch kommst du, wie ich meine, mir Gefährtin mit,
So trag ich solchen hohen Reiz als Beute fort,
Wie nie die hohe Aphrodite ausgegossen hat,
Die allbelebende, auf Meer und wilde Flut.

Die Frau:

Wie könnt ich Gatten, Haus und Kind verlassen hier?

Der Zentaur:

Was sorgst du lang, um was du schnell vergessen hast?

Die Frau:

Er kommt zurück, und schnell zerronnen ist der Traum!

Der Zentaur:

Mit nichten, da doch Lust und Weg noch offen steht.
Mit festen Fingern greif mir ins Gelock und klammre dich,
Am Rücken ruhend, mir an Arm und Nacken an!

(Sie schwingt sich auf seinen Rücken, und er stürmt hell
schreiend zum Fluß hinunter, das Kind erschrickt und bricht in
klägliches Weinen aus. Der Schmied tritt aus dem Haus. Eben
stürzt sich der Zentaur in das aufrauschende Wasser des
Flusses. Sein bronzener Oberkörper und die Gestalt der Frau
zeichnen sich scharf auf der abendlich vergoldeten
Wasserfläche ab. Der Schmied wird sie gewahr; in der Hand
den Speer des Zentauren, läuft er ans Ufer hinab und
schleudert, weit vorgebeugt, den Speer, der mit zitterndem
Schaft einen Augenblick im Rücken der Frau stecken bleibt,
bis diese mit einem gellenden Schrei die Locken des Zentauren
fahren läßt und mit ausgebreiteten Armen rücklings ins Wasser
stürzt. Der Zentaur fängt die Sterbende in seinen Armen auf
und trägt sie hocherhoben stromabwärts, dem andern Ufer
zuschwimmend.)

Titelliste Taschenbuch-Literatur-Klassiker

Bd. 1 *Abenteuer und Fahrten des Huckleberry Finn*, Mark Twain, Bd. 2 *Andersens Märchen*, Hans Christian Andersen, Bd. 3 *Anton Reiser*, Karl Philipp Moritz, Bd. 4 *Aus dem Leben eines Taugenichts*, Joseph Freiherr v. Eichendorff, Bd. 5 *Bahnwärter Thiel*, Gerhard Hauptmann, Bd. 6 *Bambi Eine Lebensgeschichte aus dem Walde*, Felix Salten, Bd. 7 *Bauern, Bonzen und Bomben*, Hans Fallada, Bd. 8 *Bel Ami*, Guy de Maupassant, Bd. 9 *Bergkristall*, Adalbert Stifter, Bd. 10 *Candide oder der Optimismus*, Voltaire, Bd. 11 *Caspar Hauser oder Die Trägheit des Herzens*, Jakob Wassermann, Bd. 12 *Dantons Tod*, Georg Büchner, Bd. 13 *Das Bildnis des Dorian Grey*, Oscar Wilde, Bd. 14 *Das Dschungelbuch*, Rudyard Kipling, Bd. 15 *Das Fräulein von Scuderi*, ETA Hoffmann, Bd. 16 *Das Gemeindekind*, Marie v. Ebner-Eschenbach, Bd. 17 *Das Heptameron*, *Margarete v. Navarra*, Bd. 18 *Märchenbriefbuch der heiligen Nächte*, Max Dauphtendey, Bd. 19 *Das Marmorbild*, Joseph v. Eichendorff, Bd. 20 *Das Schloss*, Franz Kafka, Bd. 21 *Das Urteil*, Franz Kafka, Bd. 22 *David Copperfield*, Charles Dickens, Bd. 23 *Der abenteuerliche Simplizissimus*, Grimmelshausen, Bd. 24 *Der arme Spielmann*, Franz Grillparzer, Bd. 25 *Der eingebildete Kranke*, Moliere, Bd. 26 *Der ewige Spießer*, Ödön v. Horváth, Bd. 27 *Der Fürst*, Nocolò Machiavelli, Bd. 28 *Der Glöckner von Notre Dame*, Victor Hugo, Bd. 29 *Der goldene Esel*, Apuleius, Bd. 30 *Der goldene Topf*, ETA Hoffmann, Bd. 31 *Der Graf von Monte Christo*, Alexandre Dumas, Bd. 32 *Der grüne Heinrich*, Gottfried Keller, Bd. 33 *Der kleine Häwelmann und andere Märchen*, Theodor Storm, Bd. 34 *Der kleine Lord*, Frances Hodgson Burnett, Bd. 35 *Der letzte Mohikaner*, James Fenimore Cooper, Bd. 36 *Der Prozess*, Franz Kafka, Bd. 37 *Der Sandmann*, ETA Hoffmann, Bd. 38 *Der Schimmelreiter*, Theodor Storm, Bd. 39 *Der Schuss von der Kanzel*, Conrad Ferdinand Meyer, Bd. 40 *Der Seewolf*, Jack London, Bd. 41 *Der seltsame Fall des Dr. Jekyll und Mr. Hyde*, Robert Louis Stevenson, Bd. 42 *Der Stechlin*, Theodor Fontane, Bd. 43 *Der Sturmheidhof (Sturmhöhe)*, Emily Brontë, Bd. 44 *Der Tor und der Tod*, Hugo v. Hofmannsthal, Bd. 45 *Der Weg ins Freie*, Arthur Schnitzler, Bd. 46 *Der zerbrochene Krug*, Heinrich v. Kleist, Bd. 47 *Deutsches Märchenbuch*, Ludwig Bechstein, Bd. 48 *Deutschland. Ein Wintermärchen*, Heinrich Heine, Bd. 49 *Die Abenteuer der sieben Schwaben*, Ludwig Aurbacher, Bd. 50 *Die Burg von Otranto*, Horace Walpole, Bd. 51 *Die drei Musketiere*, Alexandre Dumas, Bd. 52 *Die Elixiere des Teufels*, ETA Hoffmann, Bd. 53 *Die Geschichte meines Lebens*, Georg Ebers, Bd. 54 *Die Insel Felsenburg*, Johann Gottfried Schnabel, Bd. 55 *Die Judenbuche*, Annette v. Droste-Hülshoff, Bd 56. *Die Kameliendame*, Alexandre Dumas, Bd. 57 *Die Kartause von Parma*, Stendhal, Bd. 58 *Die Kreutzersonate*, Lew Tolstoi, Bd. 59 *Die Leiden des jungen Werther*, Johann Wolfgang v. Goethe, Bd. 60 *Die Leute von Seldvyla I*, Gottfried Keller, Bd. 61 *Die Leute von Seldvyla II*, Gottfried Keller, Bd. 62 *Die Marquise*, George Sand, Bd. 63 *Die Marquise von O.*, Heinrich v. Kleist, Bd. 64 *Die Memoiren der Fanny Hill*, John Cleland, Bd. 65 *Die Ratten*, Gerhard Hauptmann, Bd. 66 *Die Räuber*, Friedrich v. Schiller, Bd. 67 *Die Regentrude*, Theodor Storm, Bd. 68 *Die Reisen des Baron zu Münchhausen*, Bd. 69 *Die Schatzinsel*, Robert Louis Stevenson, Bd. 70 *Die Verlobten*, Allessandro Manzoni, Bd. 71 *Die Verwandlung*, Franz Kafka, Bd. 72 *Die Verwirrungen des Zöglings Törleß*, Robert Musil, Bd. 73 *Die Waffen nieder*, Berta von Suttner, Bd. 74 *Die Wahlverwandtschaften*, Johann Wolfgang v. Goethe, Bd. 75 *Don Carlos*, Friedrich v. Schiller, Bd. 76 *Eduards Traum*, Wilhelm Busch, Bd. 77 *Effi Briest*, Theodor Fontane, Bd. 78 *Egmont*, Johann Wolfgang v. Goethe, Bd. 79 *Ein Held unserer Zeit*, Michail Lermontoff, Bd. 80 *Einsichten und Ausblicke*, Gerhard Hauptmann, Bd. 81 *Emilia Galotti*, Gottold Ephraim Lessing, Bd. 82 *Erinnerungen aus galanter Zeit*, Giacomo Casanova, Bd. 83 *Erzählungen*, Wilhelm Busch, Bd. 84 *Es waren zwei Königskinder*, Theodor Storm, Bd. 85 *Essays*, Michel de Montaigne, Bd. 86 *Franz Sternbalds Wanderungen*, Ludwig Tieck, Bd. 87 *Fräulein Else*, Arthur Schnitzler, Bd. 88 *Frühlings Erwachen*, Frank Wedekind, Bd. 89 *Gedanken*, Blaise Pascal, Bd. 90 *Gefährliche Liebschaften*,

Lob und Tadel an tessitore@web.de